Diseño de la colección: Sebastián de la Serna

Edición: Llanos de la Torre Verdú

Carretera de Madrid, km. 315,700
50012 Zaragoza
Teléfono: 913 344 883
www.edelvives.es

ISBN: 978-84-263-7668-8
Depósito legal: Z-2532-2010

Talleres Gráficos Edelvives (50012 Zaragoza)
Certificados ISO 9001

Impreso en España

ME GUSTA LA NATURALEZA

POR SEBASTIÁN DE LA SERNA

LO QUE A GUS LE GUSTA

HOLA, ME LLAMO GUS
Y ME ENCANTA EL MUNDO
EN EL QUE VIVIMOS. ¡ESTÁ LLENO
DE COSAS MARAVILLOSAS!

EN ESTAS PÁGINAS DESCUBRIREMOS
JUNTOS LA ASOMBROSA
NATURALEZA QUE NOS RODEA.
¡SEGURO QUE TE GUSTA!

ME GUSTAN LOS MAMÍFEROS.

ME GUSTAN LOS REPTILES.

ME GUSTAN

(OJO, QUE NO ES AVE

(OJO, QUE NO TODAS

LAS AVES.

TODO LO QUE VUELA).

LAS AVES VUELAN).

ME GUSTAN LOS

ANIMALES DEL MAR.

ME GUSTAN

LOS BICHOS.

ME GUSTAN LOS ANIMALES QUE

YA NO EXISTEN.

ME GUSTAN

LAS PLANTAS.

ME GUSTA EL CAMPO.

ME GUSTA EL VERANO.

ME GUSTA EL OTOÑO.

ME GUSTA EL INVIERNO.

ME GUSTA LA PRIMAVERA.

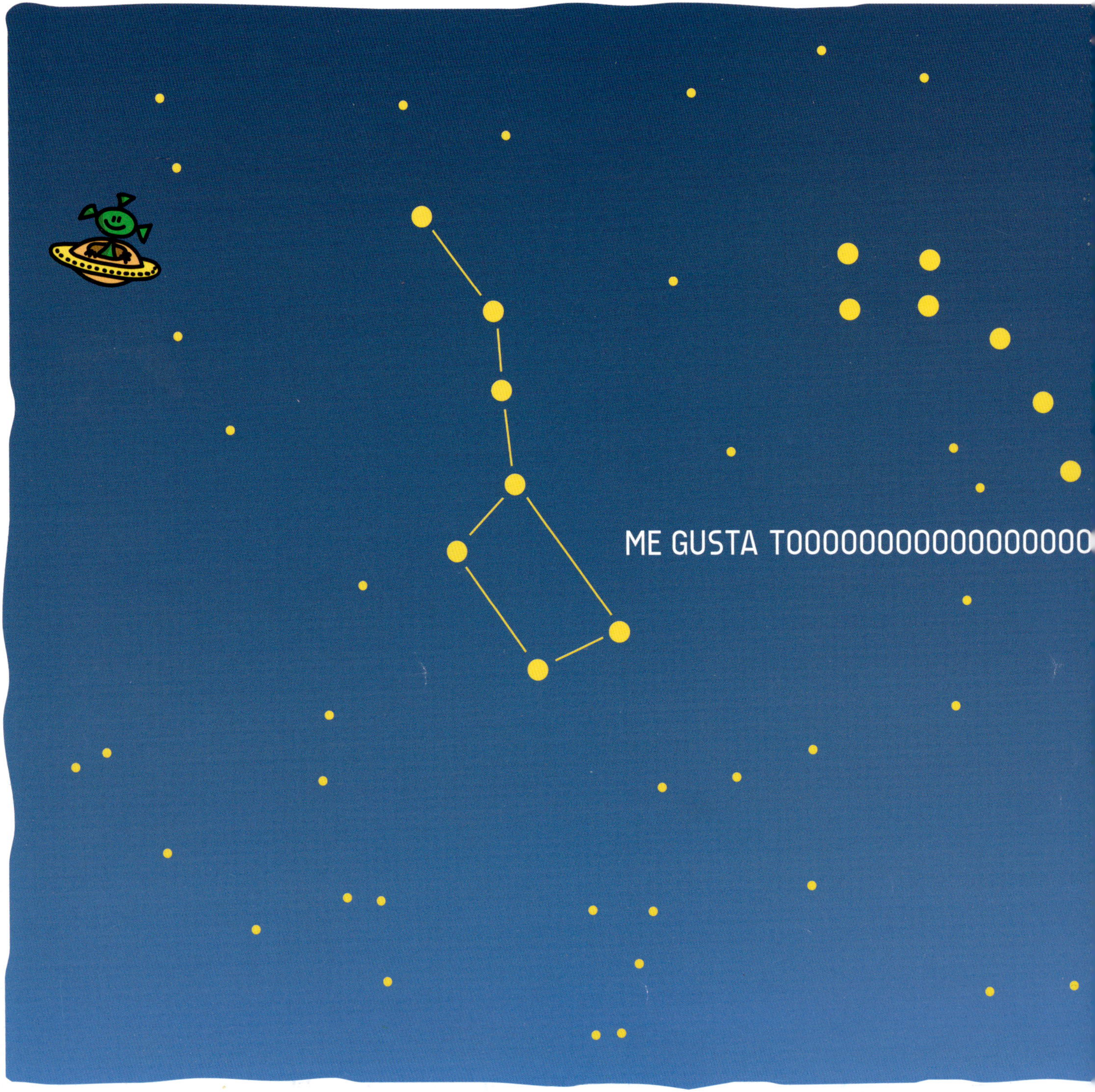

ME GUSTA TOOOOOOOOOOOOOOOO

OOOOOOODO MI UNIVERSO.

¡AHORA PUEDES JUGAR A BUSCAR POR EL LIBRO!

¿SABES QUIÉN VA A COMERSE ESTA RAMA DE BAMBÚ?

¿Y ESTE PEZ?

ENTRE LAS AVES ESTÁN ESTOS SEIS ANIMALES QUE VUELAN, ¡PERO NO SON AVES! DESCÚBRELOS.

¿QUIÉN LLEVA A ESTE BEBÉ?

BUSCA ESTA GAMBA.

¿DÓNDE ESTÁN ESTOS DOS PERSONAJES?

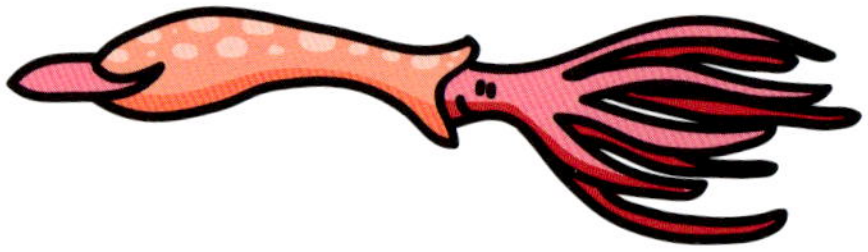

A ESTOS NO TIENES QUE BUSCARLOS, PERO ¿CUÁL DE ELLOS ES UN PULPO Y CUÁL ES UN CALAMAR?

EL HADA Y EL GNOMO SE HAN COLADO ENTRE LOS BICHOS. ¿LOS HAS VISTO?

ESTOS COLMILLOS Y ESTE CUERNO AMARILLO ESTÁN EN LA MISMA PÁGINA. ¡BÚSCALOS!

UNO DE ESTOS GNOMOS ESTÁ SOLITO EN UNA PÁGINA. LOS OTROS TRES ESTÁN JUNTOS EN OTRA, ¿SABES EN CUÁL?

EN EL DIBUJO DEL CAMPO, HAY MUCHOS SERES ESCONDIDOS. ALGUNOS SON ESTOS. ¡DESCÚBRELOS TODOS!

ESTA VACA ESTÁ ESCONDIDA EN EL CAMPO, ¡SOLO SE LE VE LA COLA!

¿HAS VISTO QUÉ BIEN SE HA OCULTADO ESTE SALTAMONTES?

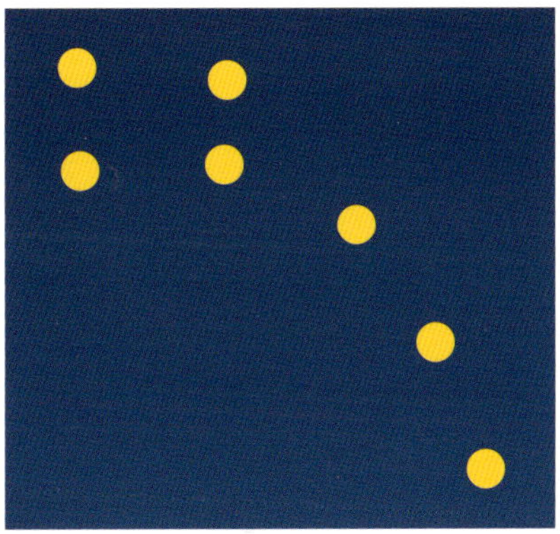

ESTA CONSTELACIÓN ES LA OSA MENOR. EN EL DIBUJO DEL UNIVERSO PUEDES VER A SU HERMANA: LA OSA MAYOR. AMBAS ESTÁN CERCA Y SI APRENDES A LOCALIZARLAS EN EL DIBUJO, SABRÁS DISTINGUIRLAS EN EL CIELO.